AF331875

Yf 9924

LETTRE

D'UN MOUSQUETAIRE

A MADEMOISELLE

GOSSIN,

ACTRICE DE LA COMEDIE

FRANÇOISE,

Au sujet de son départ.

M. DCC. XLIV.

Mademoiselle,

Je ne rougis point de dire hautement que je quitte Paris avec peine. Bien d'autres que moi, s'ils ne croioient fe deshonorer

par un pareil aveu, n'en fe-
roient pas miſtere. Je vois
avec étonnement mes Ca-
marades pleins de joie, en-
flammés d'une noble ar-
deur voler aux Champs de
Mars, ne reſpirer que com-
bats, que Victoires. Parmi
ces jeunes Guerriers affa-
més de gloire, avides de
Lauriers, je ſuis le ſeul qui
oſe avouer ma foibleſſe,
& je ne la crois pas indi-
gne d'un Militaire.

Loin de m'en faire un
crime, on me plaint ; tous
ceux qui ſont nés ſenſibles,
partagent avec moi ma

jufte douleur ; tous ceux
qui en connoiffent le fujet
la refpectent: vous-même,
Mademoifelle, auriez com-
paffion de moi, fi vous pouviez vous figurer ma cruel-
le fituation. Plus je m'éloi-
gne du féjour dont vous
faites l'ornement & la féli-
cité ; plus mon chagrin
s'augmente ; bienféance ,
raifon , devoir, rien ne
peut calmer le trouble qui
m'agite ; je deviens fi fa-
rouche , fi infupportable ,
que mes amis m'abandon-
nent ; mes gens ne m'ap-
prochent plus qu'en trem-

blant ; malheur à ceux qui
font obligés de me donner
l'hofpitalité. Je ne fais à
qui m'en prendre ; toute
la nature m'eft en horreur,
je me détefte moi-même.
Ne croyez pas, Mademoi-
felle, que j'exagere. Pour
vous convaincre de la vé-
rité & de la rigueur du
tourment que j'endure, il
fuffit de vous dire que vous
feule en êtes la caufe,
que vous feule excitez en
moi ce defordre affreux.
Oui, Mademoifelle, j'en
accufe avec raifon le pou-
voir imperieux de vos

charmes. Qui peut vous avoir vû, qui peut vous avoir entendu fans être pénetré du plus vif amour? Qui peut renoncer à vous voir? qui peut renoncer à vous entendre fans reffentir les plus cuifans regrets? Tout en vous (qui ofera me le contefter?) tout en vous eft fait pour plaire, en vous tout eft grace, la nature & l'art fe font épuifés en votre faveur. Quelle volupté pour moi de me rappeller vos divins apas! Cet air ingenu & enfantin qui féduit, cette voix sonore & tendre qui va droit au cœur; ces yeux pleins de tendresse qui en-flamment les plus insensibles, tous ces traits qui le disputent en beauté à l'Amour; en un mot cet assemblage de qualités, de perfections qu'on ne remarque qu'en vous. J'envie le sort de ces gens inutiles à l'Etat, dont fourmille Paris; je suis jaloux de la liberté, de l'indépendance qui les avilit. Hélas qu'ils sont heureux, Mademoiselle ! Quelles douceurs ne goûtent point ceux qui sont capables de sentir les impressions que vous faites sur les cœurs! quel plaisir de se passion- ner, de s'attendrir avec vous! quelle satisfaction de répandre des larmes lorsque vous les faites couler! Pour moi je re- grette ces doux instans que j'employois à vous admirer, à vous applau- dir, à vous adorer en se- cret, & à rendre mes foibles hommages à votre rare merite. Ces heureux momens qui composoient le plus beau & le plus agréable de ma vie, se sont écoulés trop rapidement, il ne m'en reste plus que le triste souvenir. Je me vois condamné pour long-tems à la privation de ces plaisirs enchanteurs, & innocens que je goûtois à longs traits, & que vous seule pouviez causer. Permettez-moi, Mademoiselle, de vous rendre cette justice, & d'être en ce moment l'Echo du public dont vous êtes l'Idole. Que deviendroit le Théatre sans vous ? que d'Auteurs vous doivent le succès de leurs Piéces ! Que d'Acteurs vous doivent leur bien être ! Vous êtes le soutien, l'honneur de la Scene ; sans vous sa décadence seroit certaine & prochaine. Mais où m'emporte l'excès de mon zele ? je sens qu'il blesse votre modestie. Vous m'accuseriez même de n'avoir point de goût, de manquer de discernement si j'osois soutenir ce que j'avance. Je l'avouerai donc ; Mesdemoiselles Dumenil, Clairon, Grandval & Dangeville , chacune dans leur genre , contribuent avec succès aux plaisirs , & aux amusemens du Public : on ne peut leur refuser les applaudissemens , & l'éloge qu'elles meritent. Ce sont des Actrices inimitables , elles ont toutes le talent de plaire ; mais non pas l'art de charmer. Je ne fais point mention de vos Héros de Coulisse. Le nombre des bons est malheureusement si borné , & si connu qu'il n'est pas nécessaire de les nommer. Cependant je crains fort que

vous ne me foupçonniez
de mettre de ce nombre
plufieurs qui en font indignes, & qui ont peut-être
la vanité de fe perfuader
qu'ils en fon. Ne trouvez
pas mauvais que j'en vien-
ne à un petit éclaircisse-
ment. J'en exclue d'a-
bord, Mademoifelle, ceux
que la difette de Sujets a
obligé de recevoir. Auffi
voyons-nous le Théatre
infecté de miferables Ac-
teurs depuis que nous a-
vons perdu Monfieur Du-
frefne, Mademoifelle Qui-
naut fa foeur, Monfieur

Duchemin & Monsieur Dangeville. La mort même nous a enlevé Monsieur de Montmenil que nous regretterons long-tems. Autant ils nous cau-soient de plaisir, autant leurs indignes Successeurs nous accablent d'ennui. Il y en a quelques-uns qui nous donnent de grandes espérances pour la suite. Je n'entreprens pas de prouver ce que je dis, & je crois que vous m'en dis-pensez. Presque tous n'ont ni voix ni figure; ils s'efforcent en vain de réparer par l'art les défauts dont la nature leur a fait ample présent. N'est-il pas honteux qu'un homme dont la voix languissante, & sépulchrale fait bailler, assoupit les Spectateurs, dont la figure agonizante est proprement celle d'un martyr, ait l'audace de se charger des premiers Rôles, de représenter impunément les Rois, les Conquérans, les Maîtres du monde ? O tems ! ô mœurs ! Peut-on voir ce jeune Ecolier, que je ne veux point nommer,

peindre avec tant de mau-
vaise grace les Amoureux.
Je me tais, le détail de ses
imperfections   exigeroit
trop de tems. Je respecte
trop les autres pour en dire du mal : ils le mérite-
roient bien ; car ils m'ont
souvent ennuié ; mais je
leur pardonne. Pour tout
bien il ne nous reste que
Monsieur Sarrasin , Mon-
sieur le Grand, Monsieur
Grandval , & Messieurs
Armand, & Poisson. Nous
avons pour tout espoir,
Messieurs Paulin , Dubois
& autres. C'est assez vous
parler

parler de gens qui ne vous intéreſſent pas beaucoup. Je reviens maintenant à moi qui ne vous ſuis peut-être guères plus à cœur. Mais il ſuffit que je ſois homme , & malheureux pour que vous vous in-téreſſiez à mon ſort. Que penſerez-vous, Mademoi-ſelle, d'un inconnu, qui, ne conſultant que ſes tranſ-ports , & ſa douleur oſe vous écrire, & vous faire part de ſes peines ? Que peut-il eſpérer étant ſi loin? Excuſez, Mademoiſelle, la liberté, j'ai voulu cent

fois retenir ma plume in-
discrete, mais inutilement
comme vous voyez. En-
fin j'ai tracé ces lignes qui
se sentent extrêmement de
l'agitation dans laquelle je
suis. J'ai crû distraire mes
maux en vous en donnant
connoissance. Je me flatte
d'avoir reussi ; il me sem-
ble, en vérité, que je suis
un peu soulagé ; il est bien
permis à un malade de re-
courir aux remedes qui
peuvent lui rendre la santé
ou diminuer ses douleurs.
Je suis dans le cas , & je
ne connois point de re-

mede plus efficace pour la
maladie qui me confume
que celui que j'emploie
à l'heure même. Toutes les
fois que je tomberai dans
les accès, permetez-moi
d'ufer du fecret. Critiquez
tant qu'il vous plaira le fti-
le de cette Lettre, vous a-
vez belle matiére:mais que
m'importe ; gens de mon
métier ne fe picquent pas
ordinairement de fçavoir
écrire. Je fçais, Mademoifelle,que tous ceux qui ont
fenti le même tourment
que j'endure, vous ont re-
peté les mêmes chofes.

Mais aucun d'eux n'a ja-
mais été plus digne de pi-
tié que moi, aucun d'eux
ne s'est trouvé dans ma
position. Je suis, &c.

FIN.

www.ingramcontent.com/pod-product-compliance
Lightning Source LLC
LaVergne TN
LVHW021758030726
842523LV00003B/1080